중력과 에너지

한줄로 구성된 우주의 세계

많은 사람들이 알고 싶지만 풀리지 않은 수수께끼가 있다면, 우주가 만들어지는 과정과 중력이라는 정체일 것입니다.

과연 우주는 무엇으로 만들어지고 중력은 어떻게 발생하며, 열과 빛을 포함한 모든 에너지는 중력과 무슨 관계일까?

이러한 중력의 원리는 우주가 한 가닥의 줄로 연결되어 만들어졌으며, 이렇게 만들어진 우주가 회전하는 힘으로 중력이 발생하고, 에너지가 만들어지는 것입니다.

따라서, 중력이 발생함으로써 지구를 비롯한 모든 행성들이 우주 밖으로 이탈하지 않고 질서를 유지하고 있으며, 또한 중력은 햇빛을 포함한 모든 에너지를 만들면서 우리가 살아가고 있는 것입니다.

이와 같이, 중력의 원리가 밝혀짐으로써 과거에 우주가 만들어지면서 발전해온 과정과, 앞으로 변할 수 있는 상황들을 예측할 수 있고 대비도 할 수 있는 것입니다.

또한, 과학자가 아니라도 우리가 살아가는 데 필요한 열과 빛, 전기와 전파 등 에너지가 만들어지는 과정을 알아둘 필요가 있으며, 원자핵을 분열해서 에너지가 나오는 과정과, 방사능과 같은 오염물질이 만들어지는 과정을 알고 있어야만, 핵개발을 바른 쪽으로 견제할 수도 있습니다.

1. 우주의 시작

우리가 살고 있는 우주를 누가 만들었을까?

이런 질문을 받는다면 답변할 사람은 아무도 없을 것이며, 답변을 할 수 있다면 우주는 처음부터 존재했다고 말할 수밖에 없을 것이다.

따라서, 아무것도 없는 공간에 우주를 만들 수는 없으며, 처음에는 우주를 만들 수 있는 재료만 존재했을 것이다.

그러면, 현재 우주의 시간을 거꾸로 돌려 처음의 모습으로 돌아가서, 현재 우주의 모습으로 만들어지는 과정을 처음부터 시작해보자.

우주 공간에 있는 모든 행성들을 원래대로 풀어헤치게 되면, 아무것도 없는 빈 공간에 가늘면서도 기나긴 한 가닥의 줄만이 가로와 세로, 앞과 뒤의 입체형으로 정육면체의 상자와 같은 모양으로 일정하게 짜여져, 마치 그물망처럼 빽빽하게 꽉 차서 있었을 것으로 추정이 되며, 이렇게 한 가닥으로 연결된 줄이 우주를 만드는 재료가 되는 것이다.

이와 같이 꽉 차있던 줄이 파장을 하게 되면서부터 우주는 시작하게 되며, 줄의 파장은 전기가 발생하여 양극과 음극으로 나누어지면서 밀고 당기게 되고, 줄은 교차하는 점을 중심으로 주위에 연결된 줄을 끌어모아 감기고 뭉치면서, 마치 실타래와 같이 물질의 기초가 되는 입자가 만들어지는데, 이렇게 물질의 기초가 되는 입자를 줄소자라고 부르자.

이와 같이 줄소자가 만들어질 때, 우주의 중심 부분에서 만들어지는 줄소자와 외곽에서 만들어지는 줄소자의 사이에 연결된 줄이 서로 당기게 되므로, 우주는 서서히 회전을 시작하게 되는데, 이렇게 줄소자끼리 연결된 줄을 중력선으로 부르기로 하자.

따라서, 줄의 파장으로 발생한 전기의 힘은 한정되어 있으므로 줄소자의 크기도 한정이 되며, 줄소자가 모여서 원자가 만들어지고, 원자가 모아져 행성이 하나둘씩 만들어지면서 우주는 형성이 된다.

이렇게 만들어진 우주는 서서히 회전을 시작하게 되며, 우주의 회전으로 행성들은 우주 밖으로 빠져 나가려고 하지만, 행성끼리 중력선으로 연결되어 있어 빠져 나가지 못하고, 우주 밖으로 빠져 나가려는 힘이 발생하게 되는데, 이러한 힘이 중력인 것이다.

이와 같이 줄소자가 처음 만들어질 때는 전기의 힘으로 당겨 뭉쳐지지만, 우주의 회전으로 중력이 발생 하면서 단단하게 뭉쳐지는 것이며, 만들어진 줄소자들이 서로 짝을 만들어 각종 원자가 만들어지고, 원자들이 또다시 모아져서 우주의 모든 물질이 만들어지는 것이다.

또한, 우주의 회전은 우주 안에 있는 모든 물질이 우주 밖으로 빠져 나가려는 힘이 발생하게 되는데, 이러한 힘이 물질끼리 서로 끌어당기면서 작은 물질이 큰 물질로 당겨져 합쳐지게 되는 것으로, 줄소자들이 모아져 원자가 만들어지는 원리도 이와 같으며, 줄소자의 크기는 거의 일정하다고 볼 수 있고, 얼마나 많은 줄소자들이 어떻게 조립되느냐에 따라서 원자의 종류도 결정된다.

따라서, 줄소자들이 모여서 원자핵이 만들어지고 주위로 전자가 만들어져 회전하게 되는데, 핵과 전자 사이를 연결하는 줄의 파장은 전기를 발생하여 양극과 음극으로 균형을 이루고, 원자를 감싸고 있는 줄 또한 파장을 일으키면서 전자력이 발생한다.

즉, 원자 주위로 연결된 줄의 파장은 전자력이 발생하면서, 핵을 중심으로 전자를 밀고 당기면서 회전시키는 것이다.

이러한 전자의 회전 운동은 핵에서 발생되는 중력으로부터 전자가 핵으로 흡수되지 않도록 하면서. 핵을 단단하게 뭉치고 보호하는 것이다.

따라서, 우주 밖은 완전히 빈 공간으로 우주 전체가 회전하는 것은 저항이 없지만, 우주 안에서 일어나는 행성들의 공전이나 모든 입자들의 운동은 중력선이 연결되어 저항이 발생하는 것이며, 지구가 태양 주위를 회전하는 것은, 지구로 연결되어 있는 중력선의 파장으로 자력이 발생하여 지구에서 발생한 자력을 밀고 당기면서 회전하는 것이며, 전자가 핵 주위를 회전하는 것과 같은 것으로 볼 수 있다.

이와 같이, 가장 작은 줄소자들이 모여 여러 종류의 원자를 만들고, 만들어진 원자들이 모여서 물질을 이루면서 우주의 모든 행성들이 만들어졌으며, 이렇게 만들어진 행성들은 서로 연결되어 당기는 힘으로 우주 밖으로 빠져 나가지 못하고 중력이 발생하여 우주의 질서가 유지되는 것으로서, 지구와 태양 그리고 모든 행성들은 각자 중력권 내에 있는 물질들을 끌어모으면서 자연스럽게 우주의 모든 행성들이 탄생하게 된 것이다.

2. 각자 행성들의 구성 과정

우주의 재료가 되는 줄은 교차점을 중심으로 6개의 줄로 짜여져 정육면체의 상자와 같이 그물망처럼 짜여져 모두가 일정하게 배열되어 있으며, 그 안에서 물질의 기초가 되는 줄소자가 만들어지고, 줄소자가 모여서 모든 물질이 만들어지는 것으로, 물질들이 모아져 우주안의 행성들을 만들고 나머지는 다른 행성들로 연결되어 당기는 중력선이 된다.

따라서, 우주에 배열되어진 줄의 간격을 정확하게 알 수는 없지만, 줄의 간격을 파악하기 위해서는 물질의 기초가 되는 줄소자가 만들어질 때 줄이 교차하는 매듭이 몇 개가 뭉쳐서 한 개의 줄소자가 만들어지고, 줄소자들이 결합하여 원자가 만들어질 때 결합이 되는 줄소자의 수량만 파악이 되면, 한 개의 원자로 연결되는 줄의 숫자가 나오게 되므로, 줄의 간격을 대략적으로 파악할 수 있다.

그렇다면, 우주에 배열되어진 줄과 행성으로 연결되는 줄의 간격을 수소원자를 예를 들어 살펴보자.

한 개의 중력선에 메달린 줄소자의 수를 1개로 가정하면, 수소 원자 1개가 만들어질 때 1백만 개의 줄소자가 결합한 것이며, 수소 원자의 지름이 1mm 로 가정할 때, 정육면체 1mm 박스 안에 백만 개의 줄소자가 채워지므로, 줄소자의 지름은 수소원자 지름의 1/100이 된다.

따라서, 수소원자의 면적은 정육면체로 볼 때 6개의 면 중에 한쪽 면으로 나와 있는 줄이 다른 행성으로 연결되는 중력선이 되므로, 수소원자의 한쪽 면에 조립된 줄소자는 1만 개가 되며, 줄의 간격은 가로와 세로 0.01mm 간격으로 짜여진 것이다.

즉, 지구 표면에 수소원자 1개가 박혀 있다고 보면, 한쪽 면만 지구 밖으로 노출되므로 한쪽 면에 박힌 줄소자 수는 1만개가 되며, 줄소자 한 개에 줄이 하나씩 연결이 되어 1만 개의 줄이 다른 행성으로 연결되는 중력선이 되지만, 지구 전체로 보면 나머지는 행성 내부로 다른 물질과 연속으로 연결이 되면서, 지구의 양쪽과 반대쪽으로 빠져 나가므로, 결국은 6개의 줄 모두가 지구 표면으로 빠져 나가 다른 행성으로 연결되는 중력선이 되는 것이다.

따라서, 모든 행성으로 연결되는 1개의 중력선에 1개의 줄소자가 연결된 것을 실례로 설명한 것이지만, 실제로 줄소자 1개에 몇 개의 줄이 연결된 것이며, 또한 줄의 모양과 굵기, 간격 등 정확한 것은 앞으로 연구와 실험을 통해 밝혀질 것으로 본다.

이렇게 줄소자가 결합하여 만들어진 각종 원자들은 서로 당기면서 풀리지 않고 하나의 물체를 유지하고 있으며, 동물이나 식물 등은 물과 공기, 줄소자 등과 함께 햇빛과 세포의 작용으로 배를 짜듯이 줄입자를 만들어 쌓아 만든 것으로 볼 수 있으며, 발화점 이상인 열에 쉽게 해체되어 다른 물질로 합쳐지거나 새로운 물질을 만드는 것이다.

이와 같이, 만들어진 행성들은 중력선으로 다른 모든 행성으로 연결 되고, 우주가 회전함으로써 행성들이 우주 밖으로 빠져 나가려고

하지만 중력선으로 연결되어 빠져 나가지 못하고, 모든 행성들은 서
로 당기면서 중력을 형성하고 있는 것이다.

3. 우주의 중력

축구 경기에서 어느 선수가 골문을 향해서 공을 차 넣었다고 하자.

이것을 사람이 물리학으로 계산을 하자면, 공을 찬 신발과 공과의 각도 및 마찰력을 계산하고, 공속의 공기 압력과 공이 날아갈 때 공기의 저항과 공을 당기는 중력도 계산하려면 복잡해지고 오차도 발생할 것이다.

그렇지만 이런 모든 계산은 순식간에 자동으로 계산이 되며, 사람보다 더 정확하게 이루어진다.

예를 들어, 공을 찬 신발의 각도와 공을 찬 발의 힘 그리고 공의 탄력 등은 공을 멀리 날아가게 하고, 공기와 중력의 저항 등으로 공을 멈추게 하는 계산은 한 치의 오차도 없이 바로 정확하게 이루어지며, 공을 약하게 찼는데 멀리 나가는 일은 없는 것으로, 축구 뿐 아니라 우리가 살아가면서 주위에서 일어나는 모든 것들이 그런 것이다.

이러한 이론은 중력에서도 바뀔 수 없는 것이며, 원인이 있어야만 결과가 있는 것으로, 우주 안에 있는 행성들이 우주가 회전 하면서 우주 밖으로 빠져 나가려는 힘이 중력의 원인이며, 우주 밖으로 빠져 나가려는 힘이 각자 행성들로 연결되어 당겨져 발생하는 결과가 중력이다.

즉, 중력은 우주가 회전하면서 발생하는 것으로, 중력은 우주에 만들어진 물질들이 우주 밖으로 빠져 나가려는 힘으로 자연스럽게 발생하는 것이며, 우주가 회전하는 속도에 맞추어 우주의 크기와 모든 행성들의 위치가 결정되고, 중력의 강도가 결정되는 것이다.

또한, 중력은 우주의 가장 작은 물질부터 올가미와 같이 당겨지면서 큰 행성에까지 골고루 형성이 되며, 중력이 발생함으로써 우주의 질서가 유지되고, 태양과 같은 행성들이 열과 빛을 만들며, 지구의 모든 에너지를 만들어 우리가 살아갈 수 있는 것이다.

따라서, 중력은 모든 행성의 중심부 쪽으로 당기는 것으로, 우주가 회전하게 되면 줄로 연결된 행성들은 우주 밖으로 빠져 나가려는 힘이 발생하며, 이러한 힘은 행성들끼리 서로 당기면서 각자 행성들은 안쪽으로 모아지려는 힘이 발생하는데, 이러한 힘이 중력인 것이다.

이와 같이 한 줄로 묶어진 우주 전체가 회전을 해야만 각자 행성별로 중력이 발생되며, 우주가 회전을 하게 되면 중심축이 자동으로 형성되면서 중심축을 중심으로 외곽 쪽의 행성들은 서로 마주보게 되면서 회전하게 된다.

따라서, 우주 안에 있는 모든 행성들이 연결되어 서로 당기게 되므로 우주 밖으로 빠져 나가려는 힘과, 우주가 회전하는 힘이 똑같이 균형을 이루게 되는 것이며, 우주가 안쪽으로 모아지는 것과 우주가 밖으로 팽창하는 것은 우주가 회전하는 속도에 맞춰 자동으로 조절이 되는 것이다.

또한, 중력은 우주의 회전속도와 직접적으로 관련이 있으며, 우주가 중심축을 중심으로 회전하는 속도가 일정하게 유지가 된다고 가정하면, 외곽 쪽에서 돌고 있는 행성의 속도와 중심축에 위치한 행성과의 속도는, 거리가 차이가 나는 만큼 다른 속도로 회전하므로, 중심 쪽에 위치한 행성과 외곽 쪽에 위치한 행성과의 중력은 차이가 난다.

즉, 현재의 중력은 우주의 회전 속도에 맞춰져 있지만, 우주의 회전 속도가 빨라지거나, 느려지게 되면 변화된 속도에 맞춰지도록 된 것이며, 우주의 회전 속도와 함께 모든 행성들이 우주 밖으로 팽창하려는 힘과, 모든 행성들의 중력의 합계는 똑같이 균형이 이루어지는 것이다.

예를 들어, 우주의 회전이 현재보다 빠르게 회전하게 된다면, 중력이 높아져서 우주의 모든 행성들은 중심 쪽으로 당겨져 모아지게 되므로 그만큼 우주의 넓이는 좁아지고, 태양과 같은 행성들은 중력이 높아진 만큼 지금보다 더욱 강한 빛을 만들 것이며, 우주의 회전이 현재보다 느려진다면, 중력이 낮아져서 모든 행성들은 우주 바깥쪽으로 중력이 낮아진 만큼 팽창하여 우주는 현재보다 넓어질 것이고, 중력이 낮아진 만큼 햇빛도 약해진다.

또한 우주가 회전을 하다가 정지가 되었다고 가정을 해 보면, 우주의 모든 행성들은 중력이 사라지므로 안쪽으로 모아지지도 않지만 우주 밖으로 빠져 나가지도 않고 정지된 상태 그대로 유지할 것이며, 태양과 같은 행성들은 중력이 사라져 열과 빛을 만들지 못할 것이다.

그러나, 우주 밖은 완전히 빈 공간으로 우주 전체의 회전은 아무런 저항이 없이 회전하므로, 우주가 회전하는 것은 현재의 상태대로 계속될 것이다.

따라서, 우주가 회전하는 속도에 맞추어 모든 행성들의 중력은 자동으로 조절되면서 자연스럽게 발생하는 것으로, 현재와 같은 우주의 모습이 된 것이다.

한편, 우주에 만들어진 행성들은 마치 과일나무에 매달린 열매와 같은 모습으로, 과일나무는 우주 전체에 배열된 줄과 비교할 수가 있으며, 이와 같이 우주에 배열된 줄을 끌어모아 한 개의 행성이 만들어질 때, 우주에 배열된 줄과 행성으로 연결된 줄 사이는 경계선이 생기면서 행성의 표면으로 갈수록 줄은 좁아지게 되는데, 행성의 표면에서 나오는 중력선과 우주에 배열된 줄과의 경계선까지가 중력권이며, 중력권 안에 들어온 물질은 모두 행성으로 흡수되는 것이다.

예를 들어, 주머니에 동전을 넣으면 주머니가 밑으로 처지면서 좁아지는 것과 같이, 우주에 펼쳐진 망 안에서 물질이 만들어지려면 줄끼리 뭉쳐지면서 줄을 당기게 되며, 행성의 표면으로 연결되는 중력선은 행성의 둘레에 맞춰 배열이 되고, 행성의 외곽 쪽으로 나갈수록 줄은 차차 넓어져 우주에 배열되어진 중력선과 동일하게 되는데, 여기까지를 중력권이라 할 수 있다.

즉, 우주에 배열되어진 중력선은 일정하지만, 행성의 표면으로 연결되는 중력선의 배열은, 행성의 크기에 따라서 달라지며, 행성이 커지면 중력권도 넓어지고 중력의 힘도 커지는 것으로, 중력은 중력선이 당기는 수량에 비례하지만 행성이 우주의 어느 위치에 있느냐에 따라서 달라지는 것이다.

또한, 중력선은 줄이 감겨 만들어진 줄소자로 연결되므로, 중력선을 당기면 줄소자로 만들어진 물질도 함께 줄을 따라 당겨지게 되어, 줄 하나만 당겨도 마치 올가미와 같이 물질 전체가 조여지는 것으로, 중력은 가장 작은 물질에서부터 행성에 이르기까지 일정하게 발생하게 되는 것이다.

따라서, 우주 안에 형성된 모든 행성들의 중력은 행성의 크기와 위치에 따라 다르며, 우주의 중심 쪽에 위치한 행성일수록 중력이 높아지고, 우주의 외곽 쪽에 있는 행성일수록 중력이 낮아지는 것이며, 우주 안에 있는 모든 행성들의 중력의 합계는, 우주의 회전으로 우주 안에 있는 모든 행성들이 우주 밖으로 빠져 나가려는 힘과 동일하게 이루어진다.

또한 태양과 똑같은 크기의 행성이 우주 안에 여러 개가 있다면, 가장 중심 쪽에 있는 행성은 중력이 가장 높고, 외곽 쪽으로 갈수록 중력은 낮아지게 되는 것이다.

4. 행성들이 공전하는 이유

우주 밖은 아무것도 없는 빈 공간으로 볼 수 있으므로, 우주 전체가 회전하는 것은 저항이 없지만, 우주 안쪽에서 일어나는 공전이나 자전과 같은 운동은 중력선으로 연결되어 있어 저항이 발생하는 것으로, 우주에 배열된 줄의 파장이 전기를 만들어 자력을 일으키고, 자력은 행성을 밀고 당기면서 공전을 하는 것이다.

즉, 우주 안에 있는 행성을 구성하는 물질들로 연결된 줄이 파장을 하면서 전자력이 발생하여 양극과 음극으로 나누어지고, 행성의 외곽으로 연결된 중력선도 파장을 하면서 발생한 전기는 양극과 음극으로 나누어져 행성에 생긴 자력을 밀거나 당겨 회전이 일정하게 이루어지는 것으로 볼 수 있다.

또한, 우주 안에 있는 행성들의 중력은 각자 다르므로, 작은 행성은 중력이 높은 행성으로 빨려 들어가는 것을 방지하기 위해 공전하는 것이다.

예를 들어, 지구에서 인공위성을 쏘아 올려 지구의 중력권을 벗어나자 않더라도, 방향을 바꿔 지구를 중심으로 회전시켜 중력의 힘과 회전속도가 맞으면, 지구와의 거리를 일정하게 유지하면서, 지구에 흡수되는 것을 방지하는 것이다.

만약, 인공위성을 쏘아 올려 방향을 바꾸지 않고 그대로 둔다면, 인공위성은 지구의 중력으로 다시 돌아오거나 아니면, 계속 날아가 다른 행성으로 흡수될 것이다.

따라서, 태양이 만들어지고 주위에는 많은 행성들이 있었겠지만, 모두 태양으로 흡수되어 현재와 같은 태양의 모습이 된 것이며, 지구와 같이 태양을 중심으로 회전하는 위성들은, 태양으로 흡수되지 않고 현재와 같이 공전하고 있는 것이다.

즉, 달은 지구를 돌고 지구는 태양을 돌며, 태양은 또다른 행성을 돌면서 각자 행성들 간의 거리를 일정하게 유지시키고 서로를 견제하면서, 우주의 모든 별들은 어느 별을 중심으로 하든지 회전을 하면서 우주의 질서는 유지되고 있는 것이다.

5. 인공위성이 추진하는 원리와 전파의 이동

여태까지 우주는 아무것도 없는 빈 공간으로 여겨졌으며, 이러한 우주에서 인공위성이 무엇을 발판으로 추진할 수 있으며, 전파는 어떻게 이동할 수 있을까, 하는 것이 이해가 안 되는 수수께끼였으며, 우주에 관심이 있는 사람이라면 이러한 문제를 한번쯤은 생각해 보았을 것이다.

그러나... 중력의 이론을 알고 나면 간단하게 풀리는 문제로, 인공위성이 추진할 수 있는 발판과 전파가 이동하는 원리를 설명해 보기로 하자.

사람이 계단을 올라가기 위해서는 발로 바닥을 발판을 딛고 올라가야 하는 것과 마찬가지로, 인공위성도 추진하려면 엔진에서 나오는 가스 분출이 인공위성을 밀어줄 수 있는 발판이 필요한 것이다.

처음 지구에서 인공위성을 발사할 때는 지구의 중력선과 함께 공기 등이 발판이 되겠지만, 지구의 중력권을 벗어나 우주공간에 인공위성을 올려놓는다면, 인공위성 또한 다른 행성들과 같이 중력선으로 연결되고 중력이 작용하며, 인공위성을 사람이 원하는 대로 움직이게 하기 위해서는 새로운 발판이 필요한 것이다.

만약, 우주의 모든 행성들 사이가 완전히 빈 공간이라면, 인공위성의 엔진을 가동해도 엔진에서 나오는 가스의 분출이 인공위성을 밀어주는 발판이 없기 때문에, 아무리 엔진의 성능을 높여서 가동해도 인공위성은 꼼짝도 하지 않고 출발할 수도 없을 것이며, 다른 어떠한 방법을 쓴다고 해도 인공위성을 움직이는 것은 불가능하다.

그러나, 우주는 빈 공간이 아니고 모든 행성들 사이는 중력선으로 연결되어 있으므로, 인공위성의 엔진에서 나오는 가스의 분출이 중력선을 발판으로 인공위성을 밀어주어 움직일 수 있는 것으로, 인공위성은 출발할 수도 있고 조금 더 빨리 가기 위해서는 속도를 높일 수도 있으며, 반대로 속도를 낮춰 정지한 다음 원하는 목적지로 방향을 바꿀 수도 있는 것이다.

따라서, 우주 공간에 조그만 행성이 떠돌아다니다가 지구를 향해서 접근해 온다고 가정할 때, 지구와 충돌을 방지하려면 행성의 방향을 바꿔야 하는데 행성의 방향을 바꾸기 위해서는, 지구에서 고성능 폭탄을 만들어 오는 방향을 예측하여 행성의 측면에서 터뜨리면, 폭탄은 중력선을 발판으로 행성을 밀어 방향을 바꿀 수 있는 것이다.

또한, 중력선은 우리 주위에서 많이 사용하는 TV, 라디오, 휴대전화 등의 전파를 구석구석 섬세하게 전달하고, 지구 내부로 전파를 발사하여 여러 가지의 지하자원을 탐사하여 캐내기도 하며, 우주공간에서 활동하는 인공위성은 전파를 통해 자기 위치를 알려주고 여러 가지의 사진을 전송하는 등 수많은 역할을 한다.

따라서, 우주는 완전히 빈 공간이 아니라 중력선이 모든 행성들로 연결되어 당기고 있으며, 물질 사이마다 섬세하게 연결되어 파장을 전달하는 것으로, 모든 행성들로 연결된 중력선이 인공위성을 추진할 수 있고, 빛과 전파 등을 전달하는 역할을 하는 것이다.

6. 에너지의 정체는 무엇인가

에너지의 근본 원리는, 우주가 회전하면서 중력이 발생하면, 행성으로 작용하는 중력의 힘에 의해 발생하는 것으로, 중력권 안에서만 발생하는 것이 에너지다.

즉, 태양으로 작용하는 중력은 원자를 분열시켜 줄소자를 운동하게 하면서 열과 빛을 만들며, 햇빛의 파장은 지구에 있는 줄소자를 운동시키며 식물과같은 물질을 만들면서 물을 증발시키기도 하는데, 이러한 모든 과정은 줄소자와 줄소자로 구성된 물질이 함께 운동하면서 순환하는 과정이며, 이러한 물질이 순환하는 과정에서 발생하는 힘이 에너지로, 에너지는 물질이 아니므로 질량도 없으며 순환이 멈추면 사라지는 것이다.

따라서, 에너지는 물질의 직선 운동이나 회전 운동을 직접 사용하기도 하고, 회전 운동을 전기로 바꿔서 사용하는 것이지만, 전기는 줄의 파장으로 새로 만들어지는 입자가 아니므로 질량도 없고 물질의 회전 운동이 멈추면 사라진다.

예를 들어, 자동차에 기름을 넣고 온도를 높여 발화점의 온도가 되면, 기름은 다른 물질로 융합하기 위해 해체가 되는 과정에서 피스톤을 밀어 움직이게 하는 것이고, 해체가 된 기름의 질량만큼 다른 물질로 결합하게 되므로, 해체된 기름의 전체적인 질량은 변하지 않는다.

또한, 햇빛의 파장이 지구의 물과 부딪쳐 파장이 연결되면, 줄소자로 구성된 물 분자도 함께 파장이 전달되어 줄소자의 운동이 활발해지면서, 결집력이 약한 물 분자는 증발하여 구름이 되어 비를 뿌리게 됨으로써, 수력 발전으로 전기를 만들게 되는 것이다.

즉, 태양 위에다 물이 담겨있는 솥을 올려놓으면, 운동하는 줄소자들이 침투하여 수증기를 만들고, 만들어진 수증기의 압력은 터빈을 돌려 전기를 만들 수 있는 것으로, 열의 근원인 줄소자의 운동이나 수증기의 힘은, 물질이 순환하는 과정에서 일어나는 것이다.

또한, 화력 발전의 원료인 나무는, 햇빛의 파장으로 물을 빨아올려 줄소자와 함께 실로 베를 짜듯이 쌓아 올려 만들어진 것으로 볼 수 있으며, 잎과 열매 등은 동물이 먹고 소화기능을 통해 분해되면서 에너지를 만들어 활동할 수 있고, 줄기는 기름과 같이 발화점의 온도에 쉽게 해체되면서 기름과 같이 에너지가 발생하게 되는 것이다.

이와 같이, 에너지는 물질이 순환하는 과정에서 발생하는 것으로, 에너지라는 물질은 처음부터 없기 때문에 에너지를 많이 만든다고 해서 우주의 질량과 질서는 변하지 않는 것이다.

7. 전기의 원리

물질의 순환 과정에서 발생하는 전기 에너지의 원리는, 물질과 물질 사이로 연결된 줄이 물리적인 힘에 의해서 파장을 일으키면서 발생하는 것으로, 자연적으로 발생하는 전기로는 털옷이나 머리카락을 문지르면 발생하고, 벼락과 같은 경우는 구름의 움직임으로 구름과 구름 사이를 연결하는 줄을 파장시켜 발생하며, 우리 몸속에서도 장기의 운동으로 발생하는 것이다.

이와 같이 전기는 자연적으로 발생하기도 하지만 사람이 편리하게 사용할 수 있도록 인위적으로 만들 수도 있는 것으로, 물질의 순환 과정에서 발생하는 물리적인 힘을 회전 운동으로 바꾸고, 물질로 연결된 줄의 파장을 두 개로 따로 이루어지도록 유도하여, 두 개의 파장이 합쳐져야 열이나 모터와 같은 동력이 발생하도록 만든 것이 전기다.

즉, 전기의 파장은 빛과 같다고 볼 수 있지만 파장하는 위치가 다르며, 빛의 파장은 물질이 없는 공간을 저항 없이 중력선을 따라서 다니지만, 전기는 물질 내부에서 파장을 일으켜 전선만을 따라서 이동하게 하여 필요한 곳에서 에너지를 만들 수 있도록 한 것이다.

따라서, 열이 만들어지면서 빛이 발생하는 파장과는 달리, 처음부터 자연적으로 이루어진 물질과 물질로 연결된 줄을 물리적인 힘으로 파장을 일으키게 하는 것으로서, 전기가 만들어지는 과정을 살펴보도록 하자.

발전기 내부에 전기가 잘 통과하는 코일을 감아서 설치하게 되는데, 코일을 감으면 양쪽 끝은 자동으로 분리되어 두 개의 줄이 나오게 되며, 코일의 재료인 구리의 원자는 줄소자로 구성되어 있으므로, 코일 내부는 줄소자로 연결되는 수많은 줄로 가득 차 있게 된다.

따라서, 코일 안에 설치된 회전자를 회전시킴으로써 코일 안에 연결된 줄은 파장이 이루어지고, 코일의 양쪽 끝은 분리되어 있어, 줄의 파장은 코일을 따라서 양극과 음극으로 자동으로 분리되면서 밖으로 연결된 전선을 따라서 파장은 계속 이어지게 되는 것이다.

또한, 코일에서 발생한 줄의 파장은 줄소자로 연결되어 나오지만 열이 발생하지 않는 것은, 줄소자 자신은 연결된 줄의 파장만을 계속해서 이어주기 때문이며, 구리의 원자핵 주위를 돌고 있는 전자 또한, 코일에서 나오는 줄의 파장을 계속해서 연결해주는 역할을 한다.

이와 같이, 발전기에서 분리되어 나오는 양극과 음극선을 하나로 연결해야 전기를 이용할 수 있는 것으로, 발전기에서 나오는 양극과 음극선에 코일을 감아 연결하면, 코일 내부에서는 전자력이 발생하여 N극과 S극으로 분리되는 것으로, 이것이 전자석이며 모터의 원리인 것이다.

또한, 전기난로와 같이 발전기에서 나오는 양극과 음극선을 저항선에 연결하면, 두 줄의 파장은 저항선에서 만나 저항선의 줄소자를 운동시키고, 줄소자의 운동은 저항선의 원자까지 확산되어 열이 되는 것이다.

　이밖에 전기의 파장을 이용해 라디오 주파수 에서부터 전화기와 TV등 각종 전파를 만들어 연결되어 있는 중력선을 통해 구석구석 전달할 수 있는 것이다.

8. 원자핵과 에너지

우리는 원자핵의 개발에서 나오는 해로운 물질들이 지구의 생명체들에게 위협을 주고 있다는 사실을 느끼지 못하고 있으며, 에너지 개발로 생기는 당연한 것으로 생각할 것이다.

그러나, 핵을 파괴하면서 나오는 새로운 물질이 없어지지 않고 쌓여만 가고, 이러한 물질들이 연쇄적으로 반응을 일으켜 우리가 위협을 느낀다면, 그때는 이미 때가 늦을 수도 있는 것으로, 늦기 전에 철저하게 예방을 해야 하는 것이다.

따라서, 핵에서 나오는 에너지란, 원자핵이 분열해서 다른 원자로 융합할 때까지 순환하는 과정에서 발생하는 것으로, 원자가 분열하면 어떻게 해서 에너지가 나오고, 해로운 물질이 어떻게 만들어 지는지 살펴 보자.

원자가 처음 만들어지기 전에 줄소자가 만들어지고 줄소자들이 뭉쳐서 원자가 만들어진 것이며, 원자 자체도 중력이 작용하는 것으로, 원자핵 주위에 있는 전자는 핵으로 흡수되지 않도록 핵 주위를 돌면서 일정한 거리를 유지하며, 핵을 안정적으로 보호하는 것이다.

이와 같이 안정적으로 구성된 원자를 깨뜨리면, 줄소자로 잘 짜여진 원자는 해체가 되면서 줄소자들이 짝을 찾아 운동을 하는 것 자체가 열이며 에너지인 것으로, 해체되어 운동하는 줄소자들은 또 다른 원자를 만들기 위해 짝을 맞추려고 하는 특성이 있으며, 이러한 특성은 줄소자끼리 중력이 작용하여 당기는 힘이 작용하기 때문인 것으로, 이와 같이 분열된 줄소자들이 모아져서 다른 원자로 융합이 이루어지면 열은 사라지는 것이다.

따라서, 원자가 분열할 때 줄소자들이 빠져나와 운동하는 것은 태양에서 만들어진 열과 같은 것으로, 원자가 해체되어 없어지는 질량만큼 반드시 다른 원자로 융합이 이루어져야 하는 것이며, 이렇게 해체된 원자가 여러 가지의 입자로 융합이 이루어질 때, 지구 환경에 익숙하지 않은 새로운 입자들이 만들어지는데 이들 중에는 방사능과 같은 입자도 포함된다.

이렇게 만들어진 해로운 입자들은, 사람 몸으로 침투하여 각종 장기나 세포등과 결합하여 암 또는 다른 질병의 원인이 될 수 있는 것이며, 한번 분열하여 없어진 원자는 지구에서 영원히 사라지고, 새로 만들어진 물질이 그 자리를 차지하여 생태계에 어떠한 변화를 줄 수 있을지 알 수 없는 것이다.

한편, 차세대 에너지라 불리는 인공태양을 개발하고 있는 것으로 알고 있으며 알려진 것으로는, 단단한 수소 원자끼리 충돌시켜 핵을 깨서 융합하는 방법이라고 하는데, 핵이 깨지면서 나오는 줄소자의 운동 자체가 에너지인 것이며, 핵이 분열해서 융합하면 에너지는 사라지는 것으로, 원자력 발전소와 큰 차이는 없다고 볼 수 있다.

따라서, 태양에서 열이 만들어질 때도 방사능과 같은 여러 가지의 물질이 만들어질 것이고, 해로운 파장도 발생하겠지만, 방사능은 입자로 태양의 중력을 벗어날 수 없으며, 해로운 파장은 지구로 오는 도중 소멸할 수 있는 것으로, 지구에서 인공 태양으로 열을 만들어도 방사능과 같은 오염 물질과 해로운 파장이 발생하는 것은 막을 수 없는 것이다.

또한, 인공태양의 재료로 풍부하게 많은 수소원자를 사용한다지만, 재료가 아무리 풍부하게 많다고 해도, 수소원자가 분열하여 다른 핵으로 융합하면 분열한 수소원자는 지구에서 영원히 사라지고 새로 탄생한 물질들이 그 자리를 차지할 것이며, 한번 만들어진 물질은 자연적으로 분열이 안 되므로 복구가 되지 않고, 영구적으로 쌓여만 가는 것이다.

이와 같이, 인공으로 핵을 파괴하여 에너지를 만드는 것은, 지구에서 한 자리를 차지하고 있는 원자를 파괴하여 사라지게 하는 것으로, 생태계에 영향을 끼쳐 우리를 위협할 수 도 있는 것이다.

따라서, 안전하게 에너지를 만들 수 있는 방법은, 수소원자를 분열시켜 에너지만 사용하고 다시 똑같은 수소원자로 융합 한다면, 수소원자는 원래대로 복구가 되고, 여기에서 많은 에너지를 만들어도 질량은 변하지 않으므로 이론은 가능한 것이다.

즉, 수소원자가 아니라도 다루기 쉬운 원자를 골라 분열시켜 에너지만 빼내고 다시 원래대로 복구하는 방향으로 연구를 진행해야 할 것이다.

이상과 같이, 원자핵을 파괴하여 에너지를 만드는 것은, 장기적으로 볼 때 지구의 생사가 걸린 문제로서, 각국의 이해관계를 떠나서 모두가 이해할 수 있도록 투명하게 공개적으로 연구가 진행되어야 할 것이다.

우주에는 수많은 행성들이 존재하며, 그곳에서 핵을 분열시켜 새로운 물질을 만든다 해도, 행성 자체의 질량에는 아무런 변화가 없으므로 우주의 질서도 변하지 않는다.

그렇지만 지구는 다르다.

지구는 수많은 생명체들이 자연과 함께 숨을 쉬고 살아가고 있으며, 이러한 환경 속에서 핵을 파괴하여 에너지를 얻는다면, 핵분열로 인하여 다른 여러 가지의 새로운 물질이 만들어지고, 이러한 물질들이 쌓여져 간다면 지구의 생태계에도 변화가 생겨, 다를 행성들과 같이 지구는 아무것도 살아갈 수 없는 불모지가 될 수도 있는 것이다.

9. 열과 빛은 어떻게 다른가

열은 중력권 안에서 줄소자의 운동이 연결된 물질과 함께 운동하는 것이며, 빛은 물질 밖으로 연결된 중력선의 파장이다.

즉, 열이 되는 줄소자의 운동 이라고 하는 것은, 줄의 파장이나 왕복운동, 진동 등을 통틀어 이야기하는 것이며, 빛은 줄소자의 운동이 물질 밖으로 연결된 중력선과 함께 운동을 하려고 하지만, 중력선은 다른 행성과 연결되어 당기고 있으므로, 다른 운동은 전달되지 않고 파장만이 직선으로 연결된 줄만을 따라서 전달되는 것이다.

따라서, 열이 되는 줄소자의 운동은 중력권 내에 있는 모든 물질로 전달이 되지만, 줄소자는 하나의 물질로서 중력을 형성하고 있으므로 다른 물질과 함께 중력을 벗어날 수 없으며, 줄소자의 운동 자체가 열이고 줄소자의 운동이 강해지면, 줄소자로 구성된 원자와 연결된 물질까지 운동이 전달되는 것이며, 우리가 뜨겁게 느끼는 것은 운동하는 줄소자가 피부로 침투하기 때문이다.

또한, 열은 중력권 안에서 물질의 순환 과정에서도 발생하는 것으로, 줄소자로 구성된 우주의 모든 행성들도 빛의 파장이 연결되면, 줄소자를 운동시켜 열이 발생하여, 온도가 올라가는 것이다.

이어서, 빛이 되는 중력선의 파장은 입자의 운동이 아니므로 열이 발생하지 않으며, 각 행성들로 중력선이 연결되어 있지만, 중력선의 파장이 강해져도 우주의 온도는 올라가지 않고 절대온도를 유지하는 것으로, 열과 빛을 많이 만든다고 해서 물질의 질량이 변하지는 않는다.

또한, 빛은 줄소자의 운동이 물질 밖으로 연결된 중력선을 파장시켜 이어지는 것으로, 중력선의 파장을 가로막는 물질이 없으면, 가로막힐 때까지 빛은 중력선을 따라서 직진하는 것이며, 예를 들어 태양에서 발생한 빛이 지구를 통과할 때, 지구는 빛의 파장을 가로막아 열이 발생하는 것이다.

따라서, 태양에서 발생한 열은 줄소자의 운동으로 태양의 중력을 벗어날 수 없지만, 햇빛은 중력선의 파장으로 태양의 중력에 상관없이 중력선을 따라 퍼져 나가며, 우주는 중력선으로 연결되어 꽉 차 있지만 태양과 같은 여러 개의 행성들이 빛을 많이 만들어 중력선을 파장시켜도 열은 발생하지 않으며, 빛의 파장이 어느 물체에 부딪쳐야만, 물질을 이루고 있는 줄소자를 운동으로 전환시켜 열을 만들며, 사람의 눈으로 연결되어 물질을 식별도 하게 되는 것이다.

또한, 나무나 기름과 같은 물질이 발화점이 되면 이들을 구성하고 있는 줄소자의 운동이 활발해지면서, 해체되어 줄소자들끼리 짝을 찾아 운동을 하면서 다른 물질과 결합하는 과정이 열이며, 다른 물질과 융합하면서 운동하는 줄소자의 숫자는 줄어들게 되어 온도는 내려가고, 이렇게 줄소자의 운동이 중력선을 통해 전달되는 파장이 빛인 것이다.

10. 우주는 항상 겨울이다

지구는 햇빛을 받는 각도에 따라 사계절이 있어 계절마다 온도 차이가 다르지만, 지구의 중력권을 벗어나서 우주로 들어가면, 햇빛을 포함하여 여러 별에서 날아오는 빛이 통과하지만 온도는 올라가지 않는다.

　이러한 이유로는, 우주에 있는 모든 행성들의 온도는 줄소자의 운동 자체가 열이 되며, 이런 줄소자가 운동을 하려면 햇빛의 파장이 줄소자를 운동하게 만들지만, 줄소자는 중력이 존재하므로 중력권 내에서만 운동할 수 있는 것으로, 우주에는 줄소자가 존재할 수가 없다.

　따라서, 우주에 있는 모든 행성들의 온도는 줄소자의 운동 자체가 열이 되어 온도는 오르지만, 줄소자는 행성들의 중력권을 벗어나지 못하므로, 우주는 줄소자가 존재하지 않고 열도 발생할 수 없게 되는 것이다.

　즉, 우주에 있는 모든 행성들의 중력권 외곽은 각자 행성들로 연결되는 중력선으로 꽉 차있지만, 중력선은 빛의 파장만 전달할 뿐이며, 빛은 입자가 아니므로 열이 발생하지 않는 것으로, 우주의 온도는 더 이상 내려갈 수도 없는 절대온도 상태가 되는 것이다.

　예를들어, 지구의 온도는 줄소자의 운동이 열이 되지만, 줄소자의 운동이 점차 줄어들어 0이 된다면, 온도는 더 이상 떨어질 수 없어 우주의 온도와 똑같이 되는 것이다.

11. 냉동과 초전도의 원리

여름에 기온이 올라가는 이유는, 햇빛의 파장이 지구의 공기를 비롯하여 모든 물질과 연결되어 있는 줄소자를 운동시켜 열을 발생하게 만들어 온도를 끌어 올리고, 빛이 사라지면 줄소자의 운동은 줄어들면서 온도는 낮아지게 되는 것이다.

　따라서, 온도를 낮추기 위해서 에어컨을 사용하는데 그 원리는, 공기와 연결된 줄소자의 운동은 에어컨을 통과 하면서 에어컨 냉매의 온도를 올리고, 반대로 냉매의 온도를 올린 만큼 줄소자의 운동은 줄어들면서 온도가 낮아지는 방식이다.

　또한, 전기가 통과하는 도체의 원자 주위를 돌고 있는 전자는 전기를 통과시키지만, 전자와 주변에 연결되어 있는 줄소자들의 운동은 온도를 올리고 전기의 흐름을 방해한다.

　즉, 햇빛의 파장은 물질을 구성하고 있는 줄소자를 운동시켜 열을 발생하게 하는데, 전선을 구성하고 있는 원자도 줄소자의 운동이 연결되면서 열이 발생하여 전기의 흐름을 방해하는 것이다.

　따라서, 줄소자들의 운동이 줄어들면 그만큼 전기의 흐름이 원활해지는 것이며, 이러한 줄소자들의 운동을 줄이는 방법으로 냉동원리를 적용하여 온도를 낮추는 것으로, 온도가 낮아질수록 줄소자들의 운동이 줄어들어 전기의 흐름이 원활해지며, 가장 낮은 절대온도가 되면 줄소자의 운동은 사라져 저항이 전혀 없는 초전도 상태가 되는 것이다.

12. 태양의 열과 빛은
어떻게 만들어지나

태양은 우주의 중심 부분에 위치하고 있어 다른 행성보다 중력이 강한 행성 중에 하나로 볼 수 있으며, 태양 내부는 높은 압력으로 원자와 같이 구성된 모든 물질이 완전히 붕괴가 되는 것으로, 물질을 형성할 수 없는 것이다.

원자가 붕괴된다는 것은 줄소자들이 결합하여 만들어진 원자는 잘 깨지지 않고 안정적인 상태를 유지하지만, 태양의 중력으로 높은 압력이 되면 원자의 경계선이 무너져 더 이상 하나의 물질을 이루지 못하는 것으로, 원자를 구성하고 있는 줄소자들은 다시 다른 원자로 융합하려고 운동을 하는 과정이 열이 되는 것이다.

이렇게 운동하는 줄소자들은 아무 때고 압력이 낮아지게 되면 어떠한 새로운 물질로 결합하는 것이며, 운동하는 줄소자가 다른 물질로 융합하면, 운동하는 줄소자가 줄어들어 온도가 낮아지는 것이다.

따라서, 태양의 내부가 풀린 줄소자로 가득차고 압력이 높아지면 줄소자의 일부는 표면으로 빠져 나가 새로운 물질을 만들면서 온도가 낮아지고, 줄소자가 빠져 나간만큼 태양 내부는 표면에 있는 물질로 채워지면서 물이 끓는 것과 같이 계속 순환하게 되는 것이다.

이와 같이 태양열이 만들어지는 과정은, 핵폭탄이 분열하고 융합하는 과정과 비슷하지만, 핵폭탄은 한 순간에 폭발하고 바로 융합이 이루어지므로, 핵이 폭발하는 조건을 계속 유지할 수 없는 것이며, 열이 되는 줄소자의 수는 일부분에 지나지 않는다.

그러나, 태양은 외부에 있는 물질과 내부의 물질이 순환은 계속 하지만, 태양 내부에 작용하는 중력의 힘은 항상 일정하게 힘이 가해지고 있으므로, 태양의 내부로 들어가는 물질은 중력의 힘에 의해 완전히 붕괴되어 물질을 이루고 있는 줄소자들이 모두 빠져나와 열이 되는 것이며, 태양 내부는 항상 열로 꽉 차 있게 되는 것이다.

또한, 줄소자의 운동이 열이 되지만 태양의 중력을 벗어나려면 줄소자와 연결된 물질들도 함께 움직여야 하므로 중력을 벗어날 수는 없으며, 줄소자의 운동은 줄소자와 연결된 중력선도 파장을 일으키면서 빛이 되어 다른 모든 행성으로 전달이 되는 것이다.

따라서, 우리가 볼 수 있는 것은, 우리의 눈도 다른 물질과 같이 한 줄로 연결되어 있기 때문이며, 빛은 태양뿐만 아니라 우주의 다른 별에서 만들어진 빛도 파장은 동일하므로 우리가 볼 수 있는 것으로, 우리가 볼 수 있는 우주의 모든 별들은 중력선으로 연결이 되어 빛이 전달되고 반사되어 우리가 볼 수 있는 것이다.

13. 태양은 작아지며 사라지는가

많은 사람들은 태양이 불에 타서 작아지며 결국은 사라질 것이라는 예측을 하면서, 근거로 여러 가지 이론을 제시하고 있으며, 사람들에게 보이지 않는 막연한 심리적 불안감을 주고 있다.

  그러나, 태양은 불에 타서 작아지지도 않고 사라질 수도 없으며, 우주 안에 태양과 같이 빛을 만드는 모든 행성들도 불에 타서 사라질 수 없는 것이 우주의 법칙이다.

  그렇다면 태양이 변하지 않고 계속 빛을 만들 수 있는 이유를 설명하자면, 빛이 입자인지 파장인지부터 살펴야 한다.

  먼저, 빛이 입자라고 한다면 일어날 수 있는 상황을 설명해 보자.

  첫째, 햇빛이 핵분열로 인하여 생긴 입자라고 한다면, 태양의 빛을 받는 모든 행성들은 입자가 쌓여 커지게 되고, 반대로 태양은 그만큼 작아지게 되는 것으로, 태양과 같이 빛을 만드는 우주의 모든 별들의 질량과 중력에도 변화가 생겨 우주의 질서가 무너졌을 것이며, 입자라는 하나의 물질이 중력을 벗어나 어디서 밀어주는 추진력도 없이 스스로 다른 행성으로 빛과 같은 속도로 날 수는 없는 것이다.

  둘째, 태양과 같은 여러 개의 행성들이 빛 입자를 계속 만들어 우주로 보낸다면 우주의 공간은 빛 입자로 가득 차 온도가 오르면서 절대온도를 유지하지 못할 것이고, 맑은 하늘도 빛 입자로 가려져 볼 수 없을 것이며, 지구로 날아오는 빛 입자는 열이 되겠지만, 열이 된 입자를 식혀줄 수 있는 방법을 설명할 수가 없다.

이상과 같이, 햇빛이 입자라면 설명할 수 없는 이론이 있으며, 태양에서 발생한 빛은 행성들을 연결하는 중력선을 파장시켜 지구로 전달하는 것으로, 빛은 입자가 아니므로 시야를 가리지 않고 우주에 있는 모든 행성들을 맑은 하늘과 함께 볼 수 있으며, 빛이 사라지면 열도 사라지는 것으로, 햇빛은 중력에 상관없이 사방으로 퍼져 나가기 때문에 태양의 질량은 전혀 줄어들지 않으므로, 우주의 질서도 변하지 않으며, 태양이 작아져서 빛을 잃거나 사라지는 일은 없을 것이다.

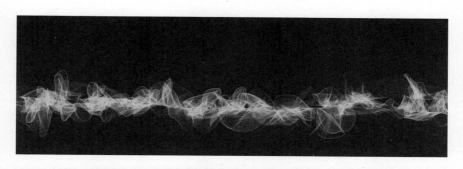

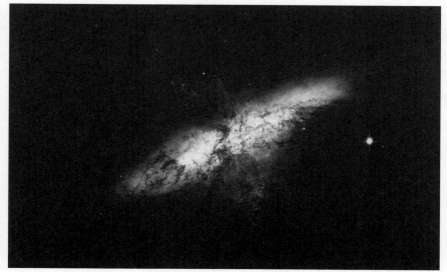

14. 지구는 태양의 파편인가

우주에는 수많은 별들이 있지만, 이들 별들은 모두 한결같이 둥근 모양을 하고 있으며, 각자 자기 중력권 안에서 이탈하지 않고 질서를 유지하고 있다.

별이 둥근 모양을 한다는 것은 처음 만들어질 때부터 중력이 형성되면서 주위에 있는 물질들을 당겨 만들어진 것으로 볼 수 있으며, 우주가 질서를 유지하고 있는 것은 각자 행성별로 발생한 중력의 힘으로 서로 당기고 공전하면서 우주 전체가 하나의 우주로 형성되기 때문이다.

따라서, 태양이 폭발하기에 앞서 우주 전체가 폭발해야 순서가 맞을 것이며, 우주 전체가 폭발하기 위해서는 우주의 회전이 현재보다 훨씬 빨라야 하며, 회전이 빨라지면 중력이 강해져서 우주의 모든 행성들은 안쪽으로 모아져서 폭발할 수도 있을 것이다.

즉, 우주의 회전이 빨라지면 모든 행성들은 중력이 강해지면서, 태양과 같이 큰 행성들의 중력권 안으로 작은 행성들이 모아져, 흡수가 되는 방법으로 우주의 넓이가 좁아지게 되며, 우주의 회전이 더욱 빨라지면 우주의 행성들은 모두가 한 개로 뭉쳐질 것이다.

그러나, 우주의 회전 속도를 빠르게 조절 하는 것은 불가능하며, 우주의 모든 행성들의 중력과 우주의 넓이는 현재의 회전 속도에 맞추어 자연적으로 조절이 된 것으로, 태양이 단독으로 폭발할 수는 없을 것으로 보는 것이다.

따라서, 현재와 같이 각자 행성별로 중력이 형성된 상황에서 태양이 폭발했다면, 지구나 화성, 목성같은 거대한 덩어리들을 태양의 중력권 밖으로 내 보내는 것인데, 그렇게 하려면 한 순간 태양의 압력을 높여 한꺼번에 핵분열을 일으켜 폭발시키거나, 가스와 같은 폭발물질이 많이 만들어져 엄청난 양이 저장되면서 한꺼번에 폭발이 이루어져야 가능할 것이고, 폭발의 힘으로 파편들은 태양의 주위에 머물지 않고 계속 날아가 어느 행성에 부딪쳐 합쳐지거나, 우주의 외곽 쪽으로 날아갔을 것이며, 파편들도 삼각형이나 사각형 등 여러 모양을 할 것이다.

그러나, 태양의 중심 부분에 있는 물질들은 원자가 분열하면서 태양의 외부로 나오게 되고, 외부에 있는 물질은 내부로 들어가 계속 순환하는 과정에서, 폭발 물질이 저장되거나 핵이 한순간 폭발할 수는 없는 것이다.

따라서, 우주가 맨 처음 탄생했을 때부터 지구와 태양은 각자의 위치에서 각자 중력권 내에 있는 물질들을 끌어 모으고, 지구는 태양의 주위를 공전하므로 거리를 일정하게 유지하면서 태양으로 흡수되지 않도록 된 것이며, 지구와 태양을 비롯한 각자 행성들의 내부는 중력의 강도에 따라서, 열은 자연 스럽게 발생하게 된 것으로 보는 것이다.

또한, 지구에 작용하는 중력은 태양보다는 약하지만 지구 내부에서도 열을 만들며, 내부에서 발생하는 열은 압력이 차면 지구 표면으로 방출해야 하는데, 이것이 화산 폭발이나 용암의 분출과 같은 현상으로 볼 수 있으며, 결국은 내부와 외부가 바뀌는 자연적인 순환 현상으로 사람이 막을 방법은 없으나, 이러한 현상은 아주 천천히 진행되므로 사람이 농사를 지으면서 살아가는 데는 지장이 없는 것이다.

반면에 지구의 위성인 달의 내부도 열은 발생하겠지만 지구보다 중력이 낮아 이러한 현상이 아직까지 나타나지 않는 것으로 볼 수 있다.

15. 블랙홀은 존재하지 않는다

아이작 뉴턴이 사과가 떨어지는 것을 보고 만유인력을 발견한 이후 많은 과학자들이 중력을 연구해왔지만 아직까지 중력의 정체를 파악하지 못한 결과로, 별들이 사라지고 태어나는가 하면 중력이 강해서 빛과 에너지 등, 모든 물질을 흡수해 압축한다는 블랙홀이 등장하고 사진까지 공개되었다.

만약에 블랙홀이 존재한다면 우주의 행성들이 하나둘씩 블랙홀로 빨려들어 가면서, 결국은 모든 별들이 블랙홀로 갇히게 되어 우주의 존재가 없어지는 것으로 볼 수 있다.

따라서, 이제는 중력의 원리가 밝혀진 만큼 과학도 현실에 가까운 연구가 필요하다고 생각하며, 블랙홀의 정체를 밝혀낼 수 있는 근거로 중력이 발생하는 원리를 비롯하여 빛과 에너지가 만들어지는 과정을 파악할 수 있어야 하는 것으로, 이미 앞서 설명했던 부분이지만 블랙홀을 정확하게 파악하기 위해 좀 더 자세하게 중력이 발생하는 과정을 설명해보기로 하자.

예를 들어 아무것도 없는 우주공간에 지구를 갖다놓고 지구가 변하는 과정을 상상해보면서 중력이 발생하는 과정을 연구해 보자.

우주 공간에 놓인 지구의 주위에는 중력이 발생할 만한 아무런 물질도 없고 지구 자신도 중력을 만들 수 없어 처음은 꼼짝도 않고 그대로 있겠지만, 지구의 어느 한쪽을 축으로 하여 서서히 회전을 시키게 되면 외곽의 물질부터 하나씩 우주 공간으로 빠져나갈 것이며, 만약에 연결된 줄이 없다면 모두 우주공간으로 한없이 빠져나가버릴 것이지만, 모든 물질에 줄이 연결되어 있다면 빠져나가지 못하고 축을 중심으로 여기저기 널려있을 것이다.

따라서, 조금 더 빠르게 회전시키면 주위에 널려있는 물질들은 축을 중심으로 줄이 감기면서 모아지게 되는 것이며, 이렇게 모아지는 물질들은 줄로 연결되어 우주 밖으로 빠져나가려는 힘이 물질 한 개마다 연결되어 발생하는 것이 중력인 것으로, 물질 한 개는 우주의 행성 한 개로 비교할 수 있으며, 더욱 빠르게 회전시키면 물질들은 축을 중심으로 모아지고 결국은 한 덩어리로 될 것이다.

이와 같이 중력이 발생하는 원리를 알기 쉽게 설명한 것으로, 실제로 중력은 우주가 회전하면서 모든 행성들이 우주 밖으로 빠져나가려는 힘이 중력선을 통해 각자 행성들로 당겨지는 힘이 중력이며, 중력선이 짜여진 넓이는 일정하여 행성을 이루는 모든 물질에 연결되어 고르게 당겨지는 것으로, 어느 행성 한 개로 중력이 집중될 수 없다.

따라서, 행성 스스로는 중력을 만들 수 없고 행성끼리 연결되어 외부에서 당기는 힘이 중력이 되는 것으로 어느 행성 한 개로 중력이 집중될 수 없으며, 중력의 강도는 우주의 회전속도와 행성의 크기에 비례하지만 행성이 어느 위치에 있는지에 따라서 달라지는 것이다.

또한, 줄소자들이 모아져 원자가 만들어질 때는 중력의 영향을 받아 밀도가 결정되지만, 한 번 만들어진 원자는 주위에 있는 물질과 함께 골고루 중력이 발생하므로 만들어진 원자의 밀도는 변하지 않으며, 처음 물질이 만들어지는 원자의 종류에 따라 행성의 밀도가 결정된다.

예를 들어, 사람이 우주선을 타고 우주로 들어가면, 사람이나 우주선도 다른 행성과 똑같이 중력이 발생하지만, 우주선이나 사람으로 작용하는 중력은 다른 행성보다 외부에서 당겨지는 면적이 작아 전체적으로 중력은 약하게 발생하는 것이며, 사람이나 우주선 스스로는 중력을 만들 수 없으므로 밀도는 그대로 유지가 되는 것이다.

만약, 중력의 강도에 따라 밀도가 달라진다면, 사람이나 우주선은 밀도가 낮아져서 분해가 되어 우주공간으로 날아가 버리겠지만, 실제로는 밀도가 낮아져서 부풀어 오르지 않으며, 한번 만들어진 물질의 밀도는 변하지 않는 것으로, 우주선이 지구보다 중력이 약한 달이나 화성에 착륙을 해도 밀도가 변해서 엔진에 문제가 생기지는 않는다.

한편, 빛은 중력선의 파장으로 입자가 아니므로 질량도 없으며 에너지 또한, 물질의 순환과정에서 발생하는 힘이기 때문에 입자도 아니고 질량도 없으므로, 행성 안으로 한없이 흡수되면서 압축이 되어 밀도가 높아질 수는 없다.

또한, 밀도는 처음으로 물질이 만들어질 때 무겁고 가벼운 원자들이 만들어지면서 결정이 되며, 태양과 같이 큰 행성들은 전체적으로 중력이 높아지면서 내부의 물질들이 붕괴되어 밀도를 유지하지 못하고 외부로 나와 다른 물질을 만드는 것이며, 그렇다고 내부로 향하는 중력이 한없이 높아질 수는 없는 것으로, 밀도 또한 더 이상 높아지지 않고 열과 빛을 만들면서 내부와 외부의 물질이 항상 바꿔지는 것이며, 새로 만들어지는 외부의 물질을 한 종류의 물질로 단정할 수 없고, 외부의 물질로 밀도를 결정할 수도 없다.

따라서, 블랙홀을 입증하려면 첫째, 빛이 파장이 아니고 입자라는 것이 증명이 되고, 에너지 또한 입자라는 것이 증명이 되어야 하는 것이며 둘째, 중력이 어느 행성 한 개로 집중되면서 행성 자신도 중력이 발생하여 중력이 한없이 높아진다는 것이 증명이 되어야 한다.

그렇게 되면 빛이나 에너지 입자가 중력으로 한없이 흡수되어 밀도가 높아지면서 빠져나올 수 없이 갇혀버릴 수 있고, 기존의 우주와는 밀도가 다른 제3의 새로운 물질이 만들어질 수 있으므로 새로운 세계가 탄생할 수도 있으며, 시간이 지구와는 다르게 갈 수 있고 빛이 휘어질 수도 있는 것으로, 우리 우주와 연결된 빛을 포함한 모든 줄이 차단되므로 우리는 그쪽의 세계를 볼 수도 없는 것이다.

그러나, 이러한 이론은 현실과는 다른 추상적인 이론이며, 실제로 아무리 큰 행성이라도 외부에서 당겨져야 중력이 발생하고 행성 자신은 중력을 만들 수 없으므로 행성내부로 중력이 한없이 높아질 수 없으며, 빛은 중력선의 파장으로 질량이 없고, 에너지는 물질의 순환 과정에서 생기는 힘으로 질량도 없으므로, 행성 안으로 한없이 흡수되면서 압축이 될 수도 없는 것으로, 블랙홀과 같은 행성이 만들어질 수 없으며 존재할 수도 없는 것이다.

또한, 블랙홀이라는 행성의 질량이 태양의 85억 배라면 태양의 중력권이라 할 수 있는 태양계의 넓이보다도 85억 배가 넓은 것으로, 블랙홀의 중력권 내에 있는 모든 물질은 블랙홀로 흡수되어 행성의 질량이 추가될 수는 있지만, 흡수되어진 행성자체가 사라질 수는 없으며, 또한 그렇게 큰 행성이 존재할 수도 없겠지만 설마 존재한다고 해도 태양과 같이 빛을 만드는 평범한 행성일 것이다.

따라서, 우주는 모든 행성들이 연결되어 서로 당기면서 행성끼리 흡수되어 합쳐질 수는 있지만, 어느 행성 한 개라도 블랙홀이나 우주 밖으로 사라져 우주의 질량이 변하는 것은 불가능하며, 만약 행성 한 개라도 사라진다면 우주의 존재와 질서가 무너지게 되는 것으로, 우주가 처음 태어날 때부터 만들어진 질량은 변할 수 없는 것이다.

16. UFO의 정체와
외계인의 세계

우리의 우주는 한 줄로 구성된 하나의 독립된 세계이며, 이러한 세계가 넓은 우주에 단 한 개밖에 존재한다고 볼 수는 없는 것이다.

따라서, 우리의 우주 이외에도 다른 줄로 구성되어진 다른 세계가 여러 개가 있다면, 우리가 살고 있는 우주와는 구성된 줄이 달라 우리 눈에 보이지 않는 세계인 것이며, 우리 우주보다 먼저 태어난 것도 있고 나중에 태어난 것도 있을 것이다.

그렇다면, 우리 우주보다 수십억 년 먼저 태어난 우주에, 우리와 같은 사람들이 살고 있다고 가정하면, 우리의 과학 발전과 비교해서 수십억 년이 앞섰다고 볼 수 있으며, 아마 그들이 UFO를 만들어 우리가 사는 세계로 왔을 가능성이 높다.

우리 주변에는 UFO를 목격했다는 사람들이 가끔 있는데, 우리가 사는 우주의 먼 별에서 왔다면 아무리 과학이 발달한 곳에서 왔다고 하더라도 오는 도중 우리에게 목격되었을 것이지만, UFO는 오는 도중에 아무에게도 목격 되지도 않고 우리 앞에 잠깐 나타났다가 사라지는 현상을, 목격한 사람들 모두 거짓말이라고 할 수도 없는 것이다.

우리가 물체를 볼 수 있는 것은, 우주에서 발생하는 빛의 파장이 어느 물체에 부딪쳐 반사하는 빛이 사람의 눈에 감지되어 물체를 분별하는데, 이러한 현상은 사람을 비롯한 우주의 모든 별들까지도 한 줄로 연결되어 있어야 빛의 파장이 전달되어 볼 수 있는 것이다.

즉, 우리 우주와 다른 줄로 구성되어 또 다른 하나의 우주를 형성하고 있는 세계는, 우리 빛의 파장은 연결된 줄로만 전달이 되므로 그들의 물체에 부딪쳐도 파장을 일으키지 못하고, 빛이 반사도 되지 않으므로 우리는 그들의 세계를 볼 수 없으며, 그들의 세계에서 날아온 UFO도 우리 눈에는 보이지 않는 것이다.

그럼, 사람들이 목격한 UFO 는 무엇이고, 실제로 UFO를 볼 수 있는 방법은 없는 것일까?

UFO가 지구로 왔을 때 그 모습을 보기 위해서는, UFO의 몸체에다 우리의 페인트로 칠을 한다면 UFO의 겉모습을 볼 수는 있겠지만 그럴 수는 없고, 지구에 떠다니는 구름이나 먼지 등이 UFO의 몸체에 이슬처럼 달라붙을 수도 있어, 우리가 그들의 형체를 잠깐 볼 수 있을 수도 있는 것이다.

실제로 UFO를 볼 수 있는 방법은, UFO에서 나오는 빛의 파장을 우리 빛의 파장과 연결하여 우리가 볼 수 있도록 하는 기술이 필요하지만, UFO가 어느 위치에 있는지를 알아야 우리는 그런 기술을 생각할 수도 있는 것이다.

반면에 그들은 이미 이러한 문제를 해결하여 우리 우주로 들어올 때부터 여러 행성들을 피해 지구까지 온 것으로 보이며, 그들은 항상 우리 우주와 접촉하고 있기 때문에 우리 빛의 파장을 그들의 줄과 연결하여 우리의 세계를 관찰할 수도 있으며, 우리가 UFO를 잠깐이나마 볼 수 있는 것은, 그들의 빛을 우리에게 연결시켜 우리들이

UFO를 볼 수 있도록 하는 것일 수도 있는 것이다.

따라서, UFO는 우리 우주의 먼 별에서 온 것보다는, 우리 우주와는 구성된 줄이 전혀 다른 우주에서 왔을 가능성이 높은 것으로 추정되는 것이다.

그렇다면 우리가 사는 우주 이외에도 다른 세계가 여러 개 있다는 가정하에 설명해 보자.

우리가 살고 있는 우주를 A라 하고, 다른 우주를 B라 하면, A우주와 B우주가 나란히 있다고 생각해 보자.

A우주와 B우주는 나란히 있지만 다른 줄로 구성되어 각자 다른 세상이며, 그들의 우주에도 우리와 같이 중력과 태양이 존재하고 빛의 파장도 우리 우주와 비슷할 것으로 추정 하지만, 우리는 볼 수 없으면서도 존재하는 세계인 것이다.

A우주와 B우주는 구성된 줄이 달라 눈에 보이지 않는 경계선은 존재하지만, 아무런 울타리나 철조망도 없어 자연스럽게 넘나들 수도 있으며, B우주에서 UFO를 만들어 우리의 중력권 안에 들어 와도 우리 우주의 중력도 받지도 않고 다른 아무런 저항도 받지 않아 자유롭게 빠른 속도로 날아다닐 수 있다.

외계인이 우리 지구로 오기 위해서는 많은 과학 기술이 필요할 것이며, 그들 세계의 교통수단은 자동차나 비행기도 있겠지만, 중력을 이용하여 자유롭게 날아다닐 수 있는 자동차도 있으며, 우주의 장거리 여행용으로 UFO를 만든 것이다.

따라서, 의학도 발달하여 자동차가 고장이 나면 부품을 바꿔 가면서 운행하듯이 외계인도 병에 걸리면, 병에 걸린 장기를 바꿔 가면서 생명을 연장할 수 있으며, 숨쉬는 것이나 먹는 것조차도 스스로 해결할 수 있는 것이다.

또한, 외계인의 머리는 사람의 두뇌를 심어 생각을 하고, 몸체는 사람과 같이 만들어진 절반의 로봇이며, 이렇게 만들어진 외계인은 장거리 여행도 가능하여 지구까지 온 것이다.

이와 같이, 우리 우주에 들어온 외계인은 우리의 중력도 받지 않고 어디든지 마음대로 다닐 수 있으며, 만약에 UFO를 우리가 빌려서 탈 수만 있다면, 세계에서 가장 빠르고 안전한 교통수단이 될 것이며, 지구의 반대쪽에 있는 나라도 마치 순간 이동을 하듯이 다닐 수도 있는 것이다.

우리 또한 외계인의 세계로 들어간다면, 외계인이 우리 우주로 들어와 마음대로 다닐 수 있는 것처럼, 우리도 그쪽 세계의 중력을 받지 않고 마음대로 다닐 수 있을 것이며, 외계인이 살고 있는 B 세계에서 방영되는 TV나 라디오도 보고 들을 수 있을 것이고, 그렇게 된다면 그쪽 세계의 사람들이나 동물들, 그쪽 세계의 문화 등을 알 수도 있을 것이며, 우리보다 훨씬 앞선 과학 기술을 배울 수도 있을 것이다.

외계인이 우리 우주로 오는 목적은 여러 가지가 있을 것이며, 첫 번째는 우리 우주에 있는 여러 행성들을 연구하는 것으로, 빛을 만드는 태양을 보기 위해 UFO가 태양 표면에 착륙을 한다고 해도, 구성된 줄이 달라 불에 타지도 않을 것이고, 외계인이 UFO에서 내려 태양 표면을 걸어 다닐 수도 있을 것이다.

두 번째로는 그들의 세계가 더 이상 살아갈 수 없을 만큼 너무 많이 오염이 되어, 앞으로 살아갈 수 있는 곳을 찾아 떠돌아다니다 지구로 왔을 가능성도 있는 것이다.

그들도 우리처럼 원시 시대를 거쳐 발전해 왔으며, 각 나라마다 전쟁을 하면서 핵무기도 만들어 사용도 하고, 산업이 발전하면서 에너지 소비가 늘어나게 되어 자연에서 생산되는 에너지는 고갈이 되면서, 핵을 분열하여 나오는 열로 부족한 에너지를 충당하게 된다.

따라서, 각자 나라별로 핵 발전소를 건설하여 부족한 에너지를 만들고, 거기에서 나오는 핵 오염 물질이 쌓여 축적이 되면서 생태계가 파괴되어 갔지만, 각 나라별로 이해가 엇갈리고 부족한 에너지 해결 때문에 제지할 방법이 없었다.

그러는 사이 핵의 파괴로 인한 오염은 더욱 심각해지면서, 그들의 터전은 동물과 식물이 살 수 없도록 폐허로 변해가고 많은 사람들이 죽어갔으며, 이렇게 해서 사람이 만든 로봇이 죽은 사람들을 대신해 활동을 하기 시작했다.

그러나, 로봇은 인간의 지능을 옮겨놓은 것이라고는 하지만, 결국은 인간이 만든 기계일 뿐 사람의 생명을 지켜주는 환경을 바꿀 수는 없었으며, 그래서 그들 중 일부는 오염된 그들의 삶의 터전을 버리고 그들 우주의 어딘가에 있을 숨을 쉴 수 있는 곳을 찾아서 기약 없는 여행을 떠나게 되며, 또 다른 일부는 자기들의 우주가 아닌 다른 우주로 눈을 돌려 우리의 지구까지 오게 된 것이다.

이상은 외계인들이 지구로 오는 이유를 추정해 본 것으로, 외계인들이 오염된 그들의 삶의 터전을 버리고 살아갈 수 있는 곳을 찾아 헤매는 것을 거울삼아, 우리는 과학을 발전시키고, 또한 핵을 파괴하지 않고 에너지를 만들 수 있는 기술을 개발해서, 우리의 하나뿐인 지구를 지켜야 하는 것이다.

마치며

물리학 하면 제일 먼저 떠올리는 것은 알 수 없는 복잡한 숫자일 것입니다.

물론 어떤 이론을 증명하기 위해서는 계산이 필요할 때도 있겠지만, 복잡한 숫자를 쓰지 않고도 세상이 돌아가는 이론을 증명할 수 있으며, 우리가 생활 하면서 활동하고 있는 모든 것들이 물리이고 연구 대상이며, 환경 자체가 하나의 실험실로 생각할 수 있습니다.

물리학에서 풀리지 않은 문제들은 모두가 한줄로 연결되어 서로 간에 영향을 미치면서 작용하는 것으로, 서로 연결되어진 분야별로 설명은 하였으나 모두 옳다고 생각하지 않으며, 설명 또한 미비하고 풀어야 할 숙제도 많이 있습니다.

앞으로 관심 있는 분들의 연구를 통해 현실에 가까운 정확한 이론이 정리될 것으로 생각하며, 과학자가 아닌 분들도 한줄론을 참고로 하여, 산업과 경제가 발전하는 계기가 될 수 있기를 희망합니다.

지금까지 한줄론을 읽어주신 분들께 깊은 감사를 드립니다.

중력과 에너지

저　　자　남영희

1판 2쇄 발행　2020년 03월 15일

저작권자　남아랑

발 행 처　하움출판사
발 행 인　문현광
교정교열　홍새솔
편　　집　조다영
주　　소　전라북도 군산시 축동안3길 20, 2층(수송동)
I S B N　979-11-6440-064-5

홈페이지　http://haum.kr/
이 메 일　haum1000@naver.com

좋은 책을 만들겠습니다.
하움출판사는 독자 여러분의 의견에 항상 귀 기울이고 있습니다.

이 도서의 국립중앙도서관 출판예정도서목록(CIP)은 서지정보유통지원시스템 홈페이지(http://seoji.nl.go.kr)와
국가자료종합목록 구축시스템(http://kolis-net.nl.go.kr)에서 이용하실 수 있습니다. (CIP제어번호 : CIP2019039259)